Max Langenbeck

Untersuchungen über die Allantois

Anatiposi

Max Langenbeck

Untersuchungen über die Allantois

Unveränderter Nachdruck der Originalausgabe von 1847.

1. Auflage 2023　|　ISBN: 978-3-38260-072-3

Anatiposi Verlag ist ein Imprint der Outlook Verlagsgesellschaft mbH.

Verlag: Outlook Verlag GmbH, Zeilweg 44, 60439 Frankfurt, Deutschland
Vertretungsberechtigt: E. Roepke, Zeilweg 44, 60439 Frankfurt, Deutschland
Druck: Books on Demand GmbH, In de Tarpen 42, 22848 Norderstedt, Deutschland

Untersuchungen

über die

Allantois

von

Max Langenbeck,

außerordentlichem Professor der Medicin in Göttingen.

Mit 4 Kupfertafeln.

Göttingen,

Druck und Verlag der Dieterichschen Buchhandlung.

1847.

Taf. VIII.

del. zu Leodot Göttingen

Seinem

theuern Vater

C. I. M. Langenbeck,

in

Liebe und Dankbarkeit

gewidmet.

Vorwort.

Ich habe mich in dieser Abhandlung, welche einen Punkt der Entwicklungsgeschichte betrifft, der mir, trotz der Bemühungen, zu einer klaren Ansicht zu gelangen, doch immer sehr dunkel geblieben, der möglichsten Kürze befleißigt, und zu dem Ende jede Compilation, Aufzählung von Fällen und Meinungen — Citate und dergleichen vermieden. Da man bei der sehr großen Anzahl der jetzt erscheinenden Schriften Mühe hat, sie alle auch nur dem Namen nach kennen zu lernen, so ist es eine Wohlthat für den Leser, das in kurzen Worten aufgezeichnet zu finden, worüber gar viele Seiten hätten angefertigt werden können.

Max Langenbeck.

Entwicklungsgeschichte.

§. 1.

Untersuchungen über das menschliche Ei aus der frühesten Periode der Entwicklung sind seit v. Baer häufiger und bestimmter geworden. Sie sind jedoch bei weitem zum größten Theile an Abortiv = Eiern angestellt und somit nicht ganz zuverlässig, und auch lassen viele der von Müller, Meckel, Pockels, v. Baer, Velpeau und Andern mitgetheilten Abbildungen offenbare Verkümmerungen und selbst Mißbildungen nicht verkennen. Gründlicher müssen daher jene natürlicherweise sehr seltenen Beobachtungen seyn, welche bei Weibern angestellt werden konnten, die kurz nach der Empfängniß gestorben waren. Ich erinnere deßhalb vorzugsweise an die Abbildungen von Seiler [die Gebärmutter und das Ei des Menschen tab. IX.] und Wagner [Erläuterungstafeln zur Physiologie und Entwicklungsgeschichte tab. X. fig. 1. u. tab. XII. fig. 2. u. tab. VII. fig. 14.]. Es ist hier mit Bestimmtheit anzunehmen, daß die Früchte gesund gewesen, und wird auch diese Annahme durch die große Übereinstimmung beider bekräftigt. Beide sind auch abgebildet auf der angehängten ersten Tafel fig. 4. und 5.

Vor Kurzem hatte ich nun Gelegenheit, an der Leiche eines völlig gesunden und kräftigen Mädchens, welches, nach Angabe des die Leiche begleitenden Schreibens, seit sechs Wochen schwanger, sich aus diesem Grunde den Ertränkungstod gegeben, das Ei in unversehrtem Zustande zu untersuchen. Ich erlaube mir, diese Beobachtung den geehrten Forschern mitzutheilen, weil sich die vorliegende Frucht durch Deutlichkeit einzelner Theile auszeichnet, welche man an den wenigen bis jetzt im uterus selbst aufgefundenen gesunden Eiern vermißt.

1

§. 2.

Einen Punkt bietet sie, welcher mir fernerer prüfender Untersuchungen vor Allem werth zu seyn scheint, das Bläschen nämlich, welches durch die Wandung des amnion hindurch sichtbar ist. S. tab. I. fig. 1. — Es ist dies Bläschen von Mehrern wahrgenommen, aber nicht bestimmt gedeutet worden. v. Baer in seiner Entwicklungsgeschichte hat es am ausführlichsten berücksichtigt. Er spricht sich dahin aus, daß es die allantois sey, und ich muß meinen eigenen Untersuchungen zufolge mit Überzeugung dieser Ansicht beipflichten. Dasselbe läßt sich im Zustande der größten Vollkommenheit, namentlich bei den Embryonen des Menschen, wie es scheint bis zu einer gewissen Periode des Fötuslebens nachweisen, darüber hinaus ist es spurlos verschwunden. Die Figuren 1. 2. 3. auf tab. I. stellen es unter der Bezeichnung 2 bei geschlossenem und geöffnetem amnion dar. Es durchläuft aber vom Zeitpunkt des Entstehens bis zu dem des Verschwindens eine Reihe von Zuständen, welche durch seine höchst wahrscheinliche physiologische Bedeutung erklärt werden müssen. Solche Eigenthümlichkeiten der Periodicität und der Metamorphose dürfen, wie mir scheint, als Hauptursachen der Schwierigkeiten angesehen werden, welche die Lehre von der allantois bietet.

Der mehr oder weniger allgemein angenommenen Ansicht zufolge ist die allantois ein durch Wachsthum aus dem Schwanzende des foetus sich ausstülpender Sack, Harnsack, dessen Gefäße, sey es mit oder ohne Spaltung eines Gefäß- und Schleimblattes, mit der innern Fläche des chorion in größerer oder geringerer Ausdehnung verwachsen, um den Mutterkuchen zu bilden, woher es kommen mag, daß die Isolirung dieses Harnsacks bei so weit vorgeschrittener Entwicklung schwierig, ja unmöglich wird, und daß man den ganzen zwischen chorion und amnion gelegenen Raum als der allantois angehörig betrachtet. Bei zunehmender Ausbildung aber geschieht, ähnlich wie bei der Bildung des Nabelbläschens, eine Abschnürung, welche den genausten Untersuchungen zufolge einen Canal, urachus genannt, darstellt, durch den der foetus mit der Allantoisblase in Verbindung steht. Bei weiterm Fortgange obliterirt der Canal, nur sein im foetus gelegener Theil bleibt offen um Harnblaſe zu werden. In dem Allantoisbläschen hat man Concremente gefunden, welche man für Niederschläge von Salzen zu halten geneigt iſt. Bei Thieren, welche keine Harnblaſe beſitzen, findet ſich an deren Stelle die Kloake.

Die Unterſuchung einer Reihe menſchlicher Embryonen aus den verſchiedenſten Perioden veranlaßt mich indeß, die gewöhnliche Anſchauungsweiſe der Bildung und Bedeutung der allantois in Zweifel zu ziehen, und zwar dürfte in dieſer Beziehung folgende Frage einer fernern Berichtigung zu unterwerfen ſeyn: Welchen Antheil hat der Harnſack an der Bildung der Harnblaſe und des Harnſtrangs, und auf welche Weiſe geſchieht überhaupt die Entwicklung des uropoetiſchen Syſtems? Zur Beantwortung dieſer Frage theile ich die Beobachtungen mit, welche ich durch die zufällige Auffindung eines 6wöchentlichen foetus in oben erwähntem weiblichen Leichnam, anzuſtellen beſtimmt wurde.

§. 3.

Die genauſte Embryonal=Anatomie, unterſtützt von den Mittheilungen Anderer und der Vergleichung mit gewiſſen angeborenen pathologiſchen Zuſtänden des Harnſyſtems, führten zu folgenden Schlüſſen:

Die Harnblaſe liegt bis zu einer gewiſſen Periode des Fötuslebens außerhalb des Embryo. In der zwölften Woche ungefähr, bei manchen Früchten früher, bei andern ſpäter, je nach der raſchern oder langſamern Entfaltung des foetus, wird ſie in den Beckentheil deſſelben gänzlich aufgenommen, und wird letzterer zum größten Theil geſchloſſen. Bis dahin macht ſie einen weſentlichen Theil der allantois aus.

Zu dieſem Ende durchläuft ſie verſchiedene Geſtaltsveränderungen. Zuerſt iſt ſie ſackförmig, dann ſtellt ſie ein Bläschen dar, das Bläschen wird länglich, ſchlauchartig, welche letztere Geſtalt ſie noch einige Zeit im foetus ſelbſt beibehält, ja bei Neugeborenen iſt ſie noch nachzuweiſen.

Mit dieser Metamorphose steht in inniger Verbindung die Bildung des urachus und der Ureteren. Der Strang, welchen man für den urachus hält, ist nicht der Harnstrang, sondern vielmehr die erste Anlage zu den Harnleitern, Ureteren, welche, so lange die Primordialnieren nachweisbar sind, in diese einmünden.

Diese sind die Haupteigenthümlichkeiten, welche in der Bildungsgeschichte des Harnsystems hervorzuheben sind. Ihr Zusammenhang, erläutert durch beigefügte Abbildungen, folgt zunächst.

§. 4.

1. Periode. Ausstülpung. Ähnlich, wie beim ersten Ursprung des Nabelbläschens, hebt sich vom Beckenantheil des foetus eine sackförmige Erhabenheit empor, welche auf ihrer äußern Fläche gefäßreich ist. Sie ist noch ungemein zart, nimmt aber an Umfang und Dicke sehr rasch zu. Im Gefäßnetz zeigen sich bald einzelne Äste von vorzüglich starkem Caliber. Sie liegen auf dem ausgestülpten Säckchen, gehören ihm aber nicht an, da sie bestimmt sind, mit der innern Fläche des chorion sich zu verbinden zur Bildung der Fötal-Placenta.

2. Periode. Abschnürung. Man bemerkt sehr bald, daß an dem Theile der Aussackung, welcher dem foetus zugewandt ist, eine Verengerung zu Stande kommt, welche bei weiterm Fortschritte einen Canal darstellt, während der vom foetus abgewandte Theil sich noch rascher in die Länge und Breite auszudehnen scheint. Die Gestalt dieses Bläschens, wie bekannt vergleichsweise allantois genannt, ist nicht allein bei den verschiedenen Thierclassen verschieden je nach der Form der Gebärmutter und des Mutterkuchens, sondern scheint auch bei Thieren derselben Ordnung zu variiren. Allantoiden aus diesem Stadium sind von vielen Forschern abgebildet, auch ist Pockels erythrois mit Recht für nichts anderes gehalten worden. Die röthlichen Punkte, welche Pockels an seiner erythrois beobachtete, scheinen vom Gefäßnetz der allantois herzurühren.

Bei weiterer Ausbildung muß der Harnsack der innern Fläche des chorion immer mehr entgegenwachsen. Je näher er dem letztern kommt, desto sichtlicher entwickelt sich das Gefäßblatt, und desto deutlicher tritt eine Trennung des sogenannten Schleimblattes vom Gefäßblatt auf. Indeß scheint die Trennung beider Blätter so zu Stande zu kommen, daß, sobald die Allantois-Gefäße mit dem chorion in Berührung treten, das Gefäßnetz, welches früher das Schleimblattbläschen der allantois ganz umhüllte, nur noch unter der Gestalt der großen Nabelstranggefäße zurückbleibt, welche neben dem Bläschen und neben dem Allantois-Canal im Nabelstrang gelagert sind. Da nun die eigentliche allantois, das sogenannte Schleimblatt, und das auf ihr liegende Gefäßnetz, Gefäßblatt, welche als zwei getrennte, in keinerlei Beziehung zu einander stehende Häute gedacht werden müssen, sich anfangs, dicht übereinander liegend, emporheben, letzteres aber als Fötal-Placenta in größerer oder geringerer Ausdehnung mit der innern Fläche des chorion verwächst, je nach der verschiedenen Größe und Gestalt des Mutterkuchens bei den verschiedenen Thiergattungen, so hat eben dieses zu der Ansicht Veranlassung gegeben, daß der Harnsack in den Raum zwischen amnion und chorion hineinwachse, um sich mit seinen beiden entsprechenden Wänden fest an jene Häute anzulegen, so daß man den zwischen Lederhaut und Schaafhaut gelegenen Raum nach Außen vom chorion und der mit ihm vereinigten äußern Allantoiswand, vielleicht Burdach's endochorion, nach Innen vom amnion und der ihm fest anliegenden innern Allantoiswand geschlossen sich vorzustellen hätte. Dem ist aber nach meiner Ansicht nicht so. Das Schleimblatt der allantois, ein Sack, dem allein der Name „Harnsack" gebührt, wenn es auch mehr oder weniger in das interstitium zwischen chorion und amnion hineinragt, berührt das chorion nicht, noch verwächst es mit ihm, weil das immer gefäßreicher werdende Gefäß oder Placentar-Blatt zwischen beiden sich befindet, es fällt also die bekannte Alternative, welche v. Baer rücksichtlich des Verhältnisses der allantois zum chorion aufstellt, von selbst weg. Auch ist unter der sogenannten tunica media oder Velpeau's »magma reticulé« nichts Anderes zu verstehen, als organische Filamente, welche, vom chorion, amnion und dem Placentar=Blatt abgestoßen, die zwischen chorion und amnion sich befindende albuminose Flüssigkeit durchziehen. Dies wird um so wahrscheinlicher, wenn man sich erinnert, wie leicht man mit einer Pincette oder einem feinen Pinsel von allen diesen Häuten lange Fäden abnehmen kann.

§. 5.

3. Periode. Rückbildung. Mit der Entblößung des eigentlichen Harnsacks beginnt die dritte Periode, welche die regressive Gestaltveränderung desselben umfaßt. Die allantois erscheint jetzt als rundes oder elliptisches Bläschen am Nabelstrang. S. fig. 1. 2. 3. tab. I. Fälschlich ist es wohl hie und da für eine Hydatide gehalten, aus dem einfachen Grunde, weil es nur bei ganz unversehrten Früchten zu finden ist und es überhaupt nur sehr kurze Zeit, seiner physiologischen Metamorphose wegen, vielleicht nur wenige Tage die Gestalt eines Bläschens beibehält. Auch sind die namentlich von Velpeau abgebildeten Anschwellungen des funiculus umbilicalis keineswegs mit der allantois in Verbindung zu bringen. Sie gehören einer viel spätern Periode an. Es ist schon sehr derb, so daß es unsanfte Berührungen, wenn es kurze Zeit in Weingeist gelegen hat, gut verträgt, wenigstens besser als das amnion. Seine Durchsichtigkeit ist so groß, daß man den hinter ihm verlaufenden Nabelstrang mit seinen Gefäßen deutlich verfolgen, zugleich aber auch einen weißlichen Stoff in ihm abgelagert wahrnehmen kann, dessen mikroskopische Untersuchung bei 300facher Vergrößerung die Veranlassung zu fig. 1. b. tab. II. gegeben hat. In der Amnionflüssigkeit, so wie im Raume zwischen chorion und amnion war keine Spur davon zu entdecken. Es sind offenbar organische Concretionen, deren chemische Untersuchung, der geringen Quantität wegen, nicht angestellt werden konnte. Sie bleiben höchst wahrscheinlich bei der fernern Gestaltsveränderung der allantois als Knötchen am Nabelstrang zurück, oder werden auch aufgelöst.

In diesem am deutlichsten ausgeprägten Zustande verharrt die allantois indeß nur sehr kurze Zeit. Die nächste Veränderung, welche man wahrnimmt, ist an der dem chorion zugewandten Seite. Sie ist in fig. 3. tab. I. angedeutet und erscheint als eine Umdrehung der zusammengefalteten äußern Wand. Das Bläschen ist hier, wie an einem Stiel, ziemlich fest an den Nabelstrang geheftet. Es scheint dies der erste Anfang zur regressiven Metamorphose zu seyn, vielleicht auch der Überrest der zusammengerollten Gefäßschicht. Diese, wenn auch scheinbare Abdrehung, ist der erste Anfang zur Bildung des urachus, welcher also an der äußern Wand des Bläschens, an dem dem chorion zunächst liegenden Theile des Nabelstrangs sich entwickelt. Das Bläschen, welches wir nun geradezu Harnblase nennen wollen, steht mittelst des durch die erste Abschnürung gebildeten, gewöhnlich für den urachus gehaltenen, ebenfalls im Nabelstrang verlaufenden Röhrchens mit dem foetus in Verbindung, und zwar mit dem Theile des Harnsystems, welches sich mittlerweile im Bauche des foetus heranbildet, d. h. mit den Primordial-Nieren oder Wolffschen Körperchen. Budje hat in der neusten Zeit bei einem menschlichen foetus diese Einmündung deutlich gesehen, und in Müllers Archiv (Jahrg. 1847. Heft 1.), freilich mit einer andern Erklärungsweise, abgebildet. Ich habe es bei mehrern menschlichen Abortiv-Früchten dargestellt, deren eine, welche mein Vater aus Pockels Sammlungen erhalten hat, auf tab. II. fig. I. a. abgebildet ist; 5. bezeichnet die Übergangsstellen in die Wolffschen Körperchen. Dieser Canal spaltet sich nämlich ziemlich hoch im Nabelstrang, sehr ähnlich dem vom Dünn- und Dickdarm am ductus vitello-intestinalis gebildeten Knie, um sich mit zwei Röhren in die Wolffschen Körperchen einzusenken. Jedoch ist mir der großen Zartheit des Präparats wegen, diese Spaltung darzustellen, nur einmal gelungen. Es entspricht diese Röhre den künftigen Ureteren, und ist auf diese Weise schon im frühesten Zustande das uropoetische System in seinem ganzen Zusammenhange ziemlich deutlich zu erkennen.

Die nächste wahrnehmbare Veränderung ist, daß die Harnblase aus der runden oder elliptischen, sich mit dem Nabelstrang kreuzenden Gestalt in eine längliche dem Lauf des Nabelstrangs entsprechende übergeht, wodurch nach und nach ein den Nabelstrang in seiner ganzen Länge deckender länglicher Schlauch gebildet wird, der sich in den foetus einzusenken scheint, auch wirklich mehr und mehr in ihn einsenkt, je enger er an dem entgegengesetzten Ende wird. Die 4 Figuren der zweiten Tafel geben ein sehr anschauliches Bild dieses Processes, welcher nicht sowohl durch die schlauchartige Verlängerung der allantois selbst, als auch durch das rasche Entgegenwachsen des foetus begünstigt wird. Sie gehören alle in diese Periode, und unterscheiden sich von einander nur durch die um Weniges weitere Entwicklung des einen vor dem andern. Es ist nicht unbedingt nöthig, daß der eine vor dem andern eine gewisse Anzahl Tage voraus habe, obgleich es hier der Fall ist, sie können alle von gleichem Alter, ja es kann selbst der vollkommener entwickelte um einige Tage jünger seyn, so wie es Bischoff bei seinen belehrenden Untersuchungen über das Hundeei mehrfach gefunden hat. Der Umstand, daß bei einer primipara die Entwicklung anfangs weniger rasch von Statten geht, scheint vornehmlich diese Verschiedenheiten zu begründen. Ob der canalis uretericus, wie man ihn wohl nennen könnte, bei dieser Umbildung, um die längliche Gestalt der allantois oder vesica urinaria extrafoetalis zu vermitteln, in dem Maße sich erweitere, als von der andern Seite eine den urachus bildende Abschnürung geschieht, oder ob, während der Beckentheil des foetus sich merklich verlängert, und bei gleichzeitigem Schwinden der Primordialnieren die ohnehin kürzern, weniger nach unten sich erstreckenden Nieren sich bilden, dieser Canal in den Fötus-Bauch hineingezogen werde, das läßt sich nicht entscheiden, doch ist Letzteres wahrscheinlicher. Man könnte sich also die Verlängerung des Bläschens durch zwei an entgegengesetzten Seiten desselben wirkende Zugkräfte bewerkstelligt denken.

§. 6.

4. Periode. Blasenbildung. Verfolgen wir die Entwicklung des uropoetischen Systems weiter, so kommen wir zur vierten Periode, welche mit dem ersten Eintritt des verlängerten Bläschens in den foetus beginnt. Das Bläschen nimmt, sobald es im Becken angelangt, eine kolbenartige,

den fundus der Harnblase bildende Gestalt an, während es nach dem Nabelstrang hin sich immer mehr zuspitzt, im Niveau der Bauchdecken ein Röhrchen (offner Theil des urachus) darstellt, und noch höher hinauf ganz geschlossen ist (geschlossener Theil des urachus). Der Zeitraum, in welchem die Aufnahme der Blase in den foetus vollbracht wird, ist noch weniger sicher zu bestimmen, als die Angabe obiger Metamorphosen. Doch kann man im Durchschnitt annehmen, daß dieser Act mit der 20sten Woche vollendet sey. Jedoch bleibt eine Verlängerung der Blasenhöhle in den unter den Bauchdecken verlaufenden urachus noch lange zurück. Auf der zweiten Tafel ist in fig. 2., 3. und 4. an einem foetus von fast 4 Monaten und zwei andern, noch ältern, nach Eröffnung der Bauchdecken, die längliche Gestalt der Blase auf das deutlichste sichtbar. Eine Sonde, welche durch die geöffnete vordere Wand in die Blase eintritt, läßt sich ziemlich weit in den zum Urachusstrang allmälig sich zuspitzenden Theil derselben, den künftigen cervix einschieben. S. fig. 2. u. 3. Man bemerkt auch bei genauer Untersuchung, daß der Strang an dieser Stelle mehr oder weniger spiralförmig gedreht ist, so daß er bis zu der Stelle, wo ihn der Nabelstrang aufnimmt, wohl e i n e Drehung macht. Dies erinnert an den Anfang der regressiven Metamorphose, oder descensus allantoidis, auf tab. I. fig. 3. 7., wo sich die erste Spur des urachus zeigt.

§. 7.

Werfen wir einen Rückblick auf das in den vorigen Paragraphen Gesagte, so stellt sich heraus, daß der Nabelstrang in seinem involucrum je nach den verschiedenen Stadien verschiedene Organe eingehüllt enthält. Sie gehören den beiden bestimmt von einander gesonderten Systemen, dem chylopoetischen und uropoetischen, an, und sind übersichtlich folgende:

In der ersten Periode der Entwicklung des Harnsystems,

1. die vasa omphalo-mesenterica.
2. das vielleicht noch nicht bis in den Raum zwischen chorion und amnion hervorgewachsene Nabelbläschen mit dem ductus vitello-in-

testinalis, welcher in die Darmbifurcation des Gekröses und das rectum
übergeht.

3. die Placentargefäße, als Gefäßblatt der allantois bekannt, welche man
schon vasa umbilicalia nennen kann.

4. der Harnsack, welcher am Fötalende des Nabelstrangs anfängt sich
abzuschnüren.

Alle diese Theile haben ein gemeinschaftliches Einhüllungsmittel, welches dem serösen Blatte oder dem amnion anzugehören scheint, vielleicht auch
zwischen diese verschiedenen Theile eindringt, um ihnen Scheiden zu geben.

In der zweiten oder Abschnürungsperiode liegt am Placentarende des
Nabelstrangs der Harnsack schon mehr unter der Form einer blasigen Anschwellung, während der abgeschnürte Theil desselben einen feinen Faden,
ureter, darstellt, der in der Nachbarschaft des ductus vitello-intestinalis zum
Becken des foetus herabsteigt. Auch die vasa umbilicalia fangen an deutlicher zu werden.

In der dritten Periode verschwindet der Ureter wieder, indem er der
schlauchartigen Anschwellung der allantois, welche sich am Nabelstrang zum
foetus hinaberstreckt, Platz macht, während am Placentarende des letztern
der urachus entsteht, der endlich, in der vierten Periode sich mehr und mehr
in die Länge ausdehnend, allein zurückbleibt.

§. 8.

Da also das chylopoetische System vom uropoetischen im jüngsten foetus schon so, wie bei'm Erwachsenen, vollkommen getrennt erscheint, so läßt
sich daraus schließen, daß die auch schon von Einzelnen geleugnete Ansicht, die allantois sey eine Ausstülpung des rectum, unrichtig sey, wenigstens in Rücksicht auf die Säugethiere. Bei ihnen scheint sich der Harnsack
als selbstständiges Organ ohne Zusammenhang mit dem Afterdarm
aus dem Schwanzende des foetus emporzuheben, mit den Wolff'schen Körpern dagegen von vorn herein in inniger Verbindung zu stehen. Wie-
derholte Untersuchungen des Eies aus der ersten Periode der Allantoisbil-

dung werden dies gewiß außer Zweifel setzen. Die außerordentliche Zart= heit der Organe, die unmittelbare Nachbarschaft des Afterdarms und der Allantoisausstülpung haben die Annahme, daß letztere aus der vordern Wand des rectum sich erhebe, begründet. Bei den Vögeln, Amphibien und eini= gen Säugethieren, wie Beutelthieren und Monotremen mag die Ausstül= pung aus dem rectum geschehen. Jedoch hat bei diesen, glaube ich, die allantois eine ganz andere Bedeutung, und finden die oben beschriebene all= mälige Umwandlung derselben, die regressive Metamorphose, der descensus allantoidis nicht Statt, aus dem einfachen Grunde, weil eine besondere Harnblase bei ihnen nicht vorkommt, indem die Harnleiter in die letzte am Afterdarmende sich befindende Erweiterung, cloaca, einmünden. Wenn sich bei einigen Vögeln an der Stelle der Kloake, welche die Ureteren aufnimmt, eine in's Auge fallende Abtheilung findet, so mag diese allerdings für eine schwache Andeutung einer Harnblase genommen werden, ist aber kein eigent= liches Harnreceptaculum.

§. 9.

Die oben beschriebene Theorie der Entwicklung des Harnsystems, welche sich auf eigene sorgfältig angestellte anatomische Untersuchungen und Ver= gleichungen meiner Präparate mit andern aus frühern und ältern Perioden gründet, wird auch durch pathologische Zustände der Harnblase, die auf Ab= weichungen und Hemmungen in der obigen Entwicklung der Harnblase be= ruhen, unterstützt.

Die Bauchwand der Beckenhöhle wird in manchen Fällen nicht ge= schlossen, und man sieht durch die mehr oder weniger große Spalte ober= halb der Schambeinfuge eine Geschwulst hervorkommen, welche unter den Benennungen »Ektopie der Blase, prolapsus vesicae urinariae nativus, in= versio vesicae« ohne Ausnahme von der innern der Blasenhöhle zugewand= ten Schleimhautfläche der hintern Blasenwand gebildet wird, woraus hervorgeht, daß, indem die vordere Wand der Harnblase fehlt, die hintere sackförmig umgestülpt ist. Die beiden Öffnungen der Harnleiter sind in solchen

Fällen in der Regel nicht sichtbar, weil sie, zu tief unten liegend, von dem wulstförmig vorgefallenen und ein wenig herabhängenden mittlern Theil der hintern Blasenwand bedeckt werden. In den Inauguraldissertationen von Herder, Bauer, Weidmann und Andern finden sich Abbildungen davon, und tab. III. und IV. stellt einen solchen Vorfall der Blase in großer Vollkommenheit dar, wie er bei einem Erwachsenen von 18 bis 20 Jahren hier in Göttingen beobachtet worden. Auf der dritten Tafel ist die vorgefallene hintere Blasenwand abgebildet, wie sie unberührt in ihrer Lage geblieben, einer schwammigen Geschwulst nicht unähnlich war. Die Verwechselung mit einer solchen ist auch ohne genauere Untersuchung leicht zu begehen, da die Schleimhautfläche der Harnblase sich durch den beständigen Einfluß der atmosphärischen Luft und durch Berührung mit Kleidung u. s. w. immer stark injicirt und verdickt. Auch entstehen durch den von den Harnleitern ausgeschiedenen Urin Erosionen der benachbarten Haut. Die vierte Tafel DD. zeigt die beiden Öffnungen der Harnleiter, aus welchen der Harn tropfenweise, bisweilen auch in schwachem kurzen Strahl hervorschoß.

§. 10.

Diese Krankheit der Blase scheint sich aus den oben beschriebenen Bildungsverhältnissen der Harnblase auf das Beste zu erklären. Da nämlich offenbar die vordere Wand der Harnblase fehlt, so fragt sich, auf welche Weise dieser Mangel zu Stande kommt.

Der gewöhnlichen Ansicht zufolge wird eine Hemmungsbildung oder krankhafte Veränderung in den Schambeinknochen als die die Krankheit bedingende Ursache angesehen. Dies mag auch wohl in so weit seine Richtigkeit haben, als ohne einen Defect in den knöchernen Balken, welche die vordere untere Wand des Beckens schließen, kein Vorfall der Harnblase entstehen könnte. Indeß dürfte grade umgekehrt der Mangel einer symphysis ossium pubis die Folge des krankhaften Baues der Harnblase seyn. Wir finden ja bei der sogenannten Harnblasenspalte die vorgefallene hintere Blasenwand mit den Bauchdecken fest verwachsen, so daß man bei den Repositionsversuchen die ganze Bauchwand des Patienten zurückdrückt. Es sind also die Bauchdecken in ihrer Continuität geschlossen, nur nimmt die hintere Blasenwand, gleichsam als eingesetztes Stück an dieser Schließung Theil. Bringen wir nun die fast allgemein angenommene, die allantois und Harnblasenentwicklung betreffende Ansicht hiemit in Verbindung, so läßt sich nicht wohl einsehen, wie bei einer Ausstülpung der allantois aus dem Afterdarm und darauf folgender primärer Abschnürung der Harnblase im Beckentheil des foetus eine so innige Verwachsung der Bauchdecken mit der hintern Wand der Harnblase veranlaßt werden könnte, da der urachus als feines zum Nabelstrang verlaufendes Röhrchen an jener Stelle verläuft, wo die Bauchplatten des foetus zusammenstoßen sollen, unter derselben aber schon eine ganz geschlossene Höhle der Harnblase liegen müßte, ein Punkt, auf den ich am Schluß dieser Worte zurückkommen werde. Es spricht demnach, wie ich glaube, dieser pathologische Zustand des Harnsystems offenbar gegen eine solche Erklärungsweise der Entwicklung der Harnblase, läßt sich dagegen sehr wohl mit der Ansicht in Einklang bringen, welche ich über diesen Gegenstand auf dem Wege der anatomischen Untersuchung gewonnen habe. Der descensus allantoidis ist nämlich, sobald ein prolapsus vesicae urinariae vorkommt, ein unvollkommener. Die Umwandlung der allantois zur Harnblase hat bis zu einem gewissen Punkt ihren normalen Verlauf, das will sagen, es findet in den drei ersten oben beschriebenen Perioden derselben keine Störung Statt, bei'm Eintritt der vierten Periode aber wird der Grund zu der Krankheit gelegt, und zwar so, daß der fundus des länglichen zum foetus hinab sich bewegenden Allantoidenschlauches auf die Ränder der sich einander nähernden Bauchplatten trifft, mit ihnen verwächst, und am Eintritt in das Becken des foetus auf diese Weise verhindert wird. Die hintere Wand der Blase, welche durch die Ureteren mit den Wolff'schen Körpern in Verbindung steht, und welche, so lange sie noch außerhalb des foetus liegt, die innere dem foetus zugewandte Seite der allantois darstellt, diese ist es also, welche auf Kosten der zur Aufnahme des Harns bestimmten Höhle, statt in den foetus einzudringen, zur Schließung des mittlern untern Theiles der Bauchdecken gebraucht wird. Es ist nun aber leicht erklärlich, daß die vor den Bauchdecken sich befindende Harnblase als solche nicht lange erhalten werden könne; ihre vordere Wand, welche in jener Periode noch überaus zart ist, zerreißt bei'm fernern Wachsthum des foetus, und bleibt als Rudiment am urachus zurück.

Eine fast nothwendig mit dieser Hemmungsbildung der Harnblase Hand in Hand gehende Insufficienz der Harnröhre, epispadiasis, mit gleichzeitig sehr verkürztem männlichen Gliede und scheinbar gespaltener glans, wie sie auch bei dem auf tab. IV. abgebildeten Falle vorkam, bildet sich gewöhnlich aus dem Grunde, weil die allgemeinen Bedeckungen, welche einen wesentlichen Theil an der Schließung der urethra haben, meistens fehlen. Bisweilen indeß ist ein Überzug der Haut, welcher die hintere von den beiden Ureterenmündungen durchbohrte Wand der Harnblase bedeckte, beobachtet worden. In diesem Falle kann eine völlig geschlossene urethra vorhanden seyn. Ähnlich verhält es sich mit der gegenseitigen Annäherung der beiden Schambeine zur Bildung der symphysis ossium pubis. Erstere werden durch die zwischen sie faltig sich einschiebende hintere Harnblasenwand an ihrer Vereinigung gehindert und bleiben in der Entwicklung stehen. Gleich im Anfang nämlich findet selten ein prolapsus der Blasenwand Statt, dieser bildet sich erst nach der Geburt, weßhalb auch bei Neugeborenen oft das Übel nicht sogleich entdeckt wird, da es kaum sichtbar, nur fühlbar ist, und zwar als eine Vertiefung, welche von der taschenförmig in das Becken hineinragenden Blasenwand herrührt.

§. 11.

Ein anderes angeborenes Übel der Harnblase, welches ich ebenfalls als meine Ansicht über die Entwicklung des Harnsystems unterstützend betrachte, ist das Offenbleiben des urachus, so daß der Urin durch den Nabel ausfließen kann. Erinnern wir uns daran, daß der urachus nach der gewöhnlichen Ansicht von der allantois keineswegs mit dem von mir beschriebenen identisch ist, so scheint es, daß in diesen Fällen die Blase, welche sich schon in der Norm bei ziemlich entwickelten Embryonen als länglicher weiter Schlauch in den Nabelstrang hineinerstreckt, besonders lang und groß ist, so daß allerdings der Harn einen Ausweg durch den Nabel finden kann, wenn die Nabelschnur recht kurz am Neugeborenen abgeschnitten worden. Entwickelte sich dagegen der nach der gewöhnlichen Ansicht innerhalb des foetus gelegene Theil der allantois zur Harnblase, während der außerhalb des Nabels verlaufende sich verschließt und verschwindet, so möchte das Abfließen des Harns durch diesen sehr engen und gewundenen Canal sehr schwer zu erklären seyn.

§. 12.

Fassen wir nun in der Kürze alle jene Punkte, welche für die Richtigkeit des von mir angenommenen Entwicklungsganges der allantois hervorzuheben sind, zusammen, so dürfen wir erstens als sehr charakteristisch die Gestaltverschiedenheit anführen, die den verschiedenen Perioden der Entwicklung angehört. Sie ist es eben, welche die so mannichfach verschiedenen Abbildungen der allantois, welche sehr schwierig zu verstehen sind, veranlaßte. Eine Abbildung von Vollkommenheit und Deutlichkeit der allantois eines menschlichen Eies, wie sie tab. I. in den drei ersten Figuren zeigt, ist noch nicht bekannt.

Zweitens weiset die auf tab. I. fig. 3. mit 7 bezeichnete anfangende Abdrehung offenbar auf eine anfangende Lagenveränderung des Bläschens 2 hin, welche an den etwas ältern Präparaten fig. 4. und 5. eingetreten ist.

Drittens ist es gar sehr auffallend, daß während der drei ersten Perioden der Allantoismetamorphose im foetus selbst, worin doch fast alle übrigen Organe sich schon zu einer unverkennbaren Deutlichkeit gebildet haben, von der Harnblase keine Spur zu finden ist, was auch von Velpeau und Andern namentlich hervorgehoben wird. Kurze Zeit nachher findet sich aber eine Harnblase von verhältnißmäßig großem Umfang. Dann ist die vierte Periode eingetreten.

Viertens ist aber in den drei ersten Perioden statt der Harnblase die Gegenwart eines Fädchens nachzuweisen, welches sich in die Wolff'schen Körper hineinverliert, und fünftens endlich liegt die Erklärung der oben erwähnten Krankheiten nach dieser Entwicklungstheorie der allantois weit näher als nach der frühern.

Erklärung der Tafeln.

Erste Tafel.

Fig. 1. Stellt die das Ei enthaltende, durch einen Kreuzschnitt geöffnete Gebärmutter dar.

A. Die geöffnete Scheide.

B. Die geöffnete portio vaginalis, welche oben durch eine gallert-artige Masse geschlossen ist, wovon einige dicke Fäden, von einer Seite hin zur andern gehend, sichtbar sind.

C. C. Eierstöcke, deren einer rechter Seite die Narbe zeigt.

D. D. Die geöffnete Lederhaut, chorion.

E. Der Schafhautsack, amnion, ganz geschlossen.

F. Das Nabelbläschen, vesicula umbilicalis.

   1. Stiel des Nabelbläschens, ductus vitello-intestinalis, an dem im frischen Zustande die Gekrösgefäße, vasa omphalo-mesenterica, sehr deutlich wahrzunehmen waren.

   2. Allantois. Sie war im frischen Zustande sehr deutlich durch die obere Wand des im hohen Grade durchsichtigen amnion wahrzunehmen. Später trübte letzteres sich ein wenig, nachdem das Präparat einige Wochen, ohne näher untersucht worden zu seyn, in Weingeist gelegen hatte. Man konnte nun von der Außenseite desselben eine aus feinen Fädchen gewebte Lamelle abnehmen. Dies mußte jedoch vorsichtig mit Hülfe eines kleinen Pinsels geschehen, und hätte, da immer neue Filamente unter den eben entfernten lagen, bis zum völli-

3

gen Verschwinden des amnion fortgesetzt werden können. Das Gewebe der nach allen Richtungen verlaufenden Fädchen war sehr weit, und dient, wie es mir scheint, zur Ausspannung der feinsten häutigen Lamellen, welche im höchsten Grade durchsichtig, glatt, unelastisch und gefäßlos, mir vorzugsweise für den Proceß der Endosmose und Exosmose geeignet scheinen.

3. u. 4. Nabelstrang, dessen Eintrittsstelle in den foetus von der linken hintern Extremität desselben bedeckt ist. 3. In seinem dem chorion zugewandten Laufe tritt er hinter das Allantoisbläschen, dessen Durchsichtigkeit indeß seine Conturen noch deutlich genug erkennen läßt. Bei 4. tritt er unter der allantois hervor, um sich dem chorion zu nähern.

Fig. 2. stellt das aus der Gebärmutter herausgenommene Ei dar. Das amnion ist an der Stelle, wo es über der allantois und dem Nabelstrang ausgespannt war, geöffnet und zurückgeschlagen.

Die Bezeichnungen der einzelnen Theile wie bei fig. 1.

Fig. 3. zeigt den foetus mit dem Nabelstrang, der allantois und einem Theile des chorion. Die linke hintere Extremität des foetus ist abgeschnitten dargestellt, um die Eintrittsstelle der dem Nabelstrang angehörigen Fäden in den foetus besser zu sehen.

2. Allantois, ein wenig emporgehoben.

3. 4. Nabelstrang.

5. ureter, früherer urachus, — canalis uretericus.

6. ductus vitello-intestinalis.

7. Faltige Stelle an der allantois. Anfangende Abdrehung des urachus.

Fig. 4. Abbildung des von R. Wagner in seinen icon. physiol. tab. IX. fig. 1. mitgetheilten Eies, welches um etwa 8—12 Tage jünger ist, als das von mir gefundene. Man sieht die allantois in der regressiven Metamorphose begriffen, wie sie sich schlauchartig verlän-

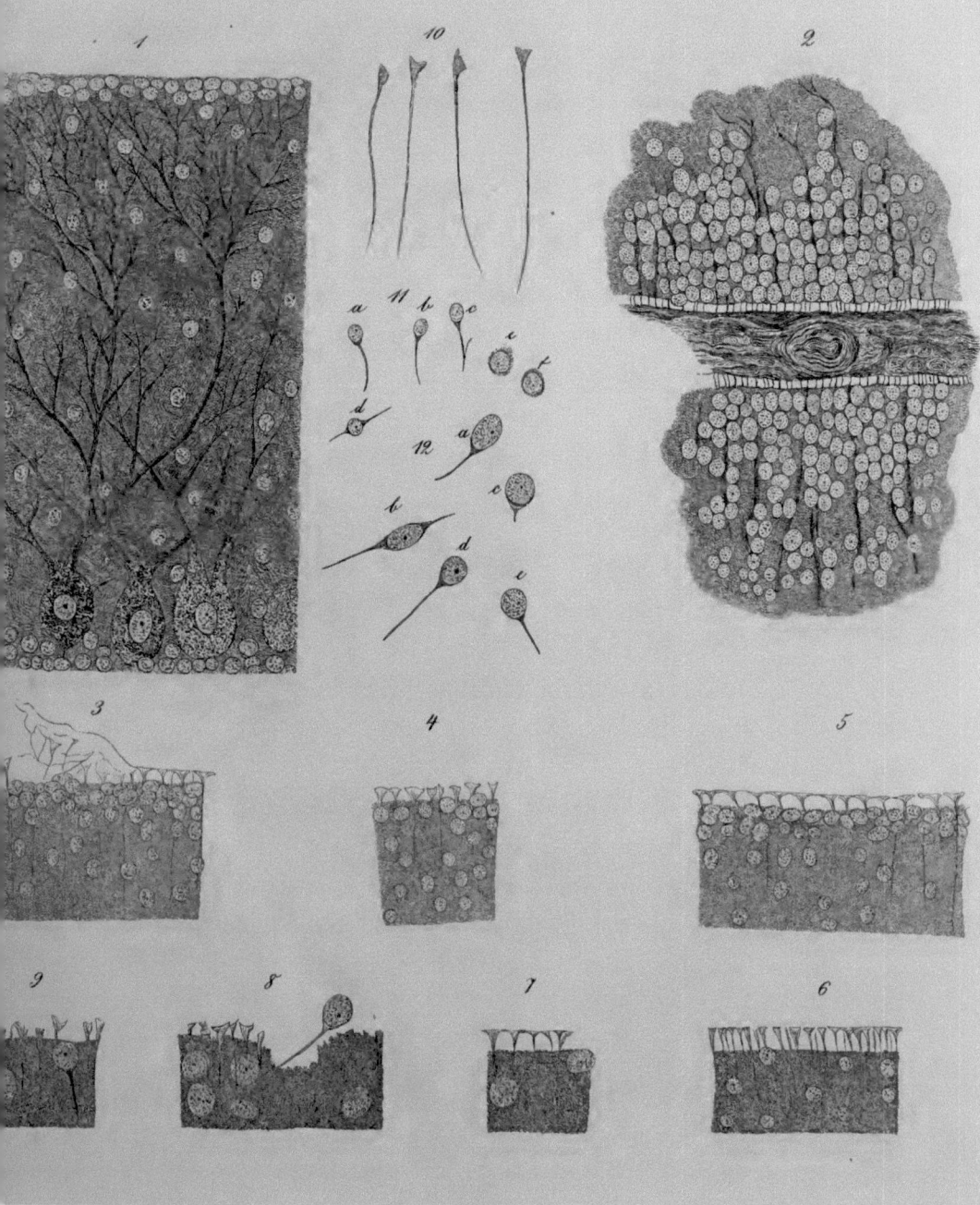

gert hat, um in den foetus sich einzusenken. Die Bezeichnung ist dieselbe, wie an den übrigen Figuren.

Fig. 5. Der von Seiler tab. X. abgebildete foetus, der sich in derselben Periode befindet.

Zweite Tafel.

Fig. 1a. Abortivfötus aus der Pockel'schen Sammlung. Die allantois befindet sich im Übergang von der zweiten zur dritten Periode; sie ist geöffnet, jedoch ist der Schnitt nicht sichtbar. Ihre ziemlich geräumige Höhle enthielt die auf fig. 1b. abgebildeten Körper.

D.   Chorion.

E.   Zurückgeschlagenes amnion.

2.   Allantois.

3. 4. Nabelstrang, dessen Fötaltheil geöffnet den ductus vitello-intestinalis und die zu den Wolff'schen Körpern gehenden Ureteren enthält.

5.   Ductus vitello-intestinalis, neben dem die vasa omphalo-mesenterica verliefen.

6.   Ureteren.

Fig. 1b. Mikroskopische Körper aus dem Allantoisbläschen.

Fig. 2. Foetus von etwa 3½ Monaten. An ihm sieht man das ganze uropoetische System im Zusammenhang, namentlich fällt aber die längliche Gestalt der Blase auf, welche die schlauchartige Beschaffenheit des Harnsacks aus der dritten Periode noch beibehalten hat.

a⁺   Körper der Blase.

a⁺⁺ Cervix derselben, sich in den urachus verlängernd, auf dem, weil er zur Seite geschlagen, die art. umbilicalis als weißer Faden liegt.

b.   Künstliche Öffnung der Blase, in welche eine Sonde eingebracht ist, welche ziemlich hoch hinaufgeschoben werden konnte, bis zu der Stelle, wo durch die zu Anfang der dritten Periode beginnende, auf tab. I. fig. 3. 7. angedeutete Abdrehung des Harnsacks, der Harnstrang von der obern Blasenwand entspringt.

c. Niere.

d. Ureter, welcher durch die hintere Wand der Blase in diese einmündet.

e. Rectum, welches in keiner Verbindung mit der Blase steht.

Fig. 3—5. Man sieht bei zwei viel ältern Embryonen noch dieselbe längliche Gestalt der Blase. Die Bezeichnungen wie bei voriger Figur.

Dritte Tafel.

Vorfall der hintern Blasenwand bei einem männlichen Subject von 18 bis 20 Jahren.

A. Blase.

B. Glans penis.

Vierte Tafel.

Die vorgefallene Blasenwand, welche mit den Bauchwänden fest verwachsen ist, in die Höhe gezogen, um die Öffnungen der Ureteren sichtbar zu machen.

A. Blase.

B. Ruthe mit oben offener urethra.

C. Veru montanum.

D.D. Mündungen der Harnleiter, in welche feine Sonden eingeschoben worden.

Druckfehler:

Seite 1 Zeile 10 lies tab. X statt tab. IX
-   1 - 11 - - IX - - X.

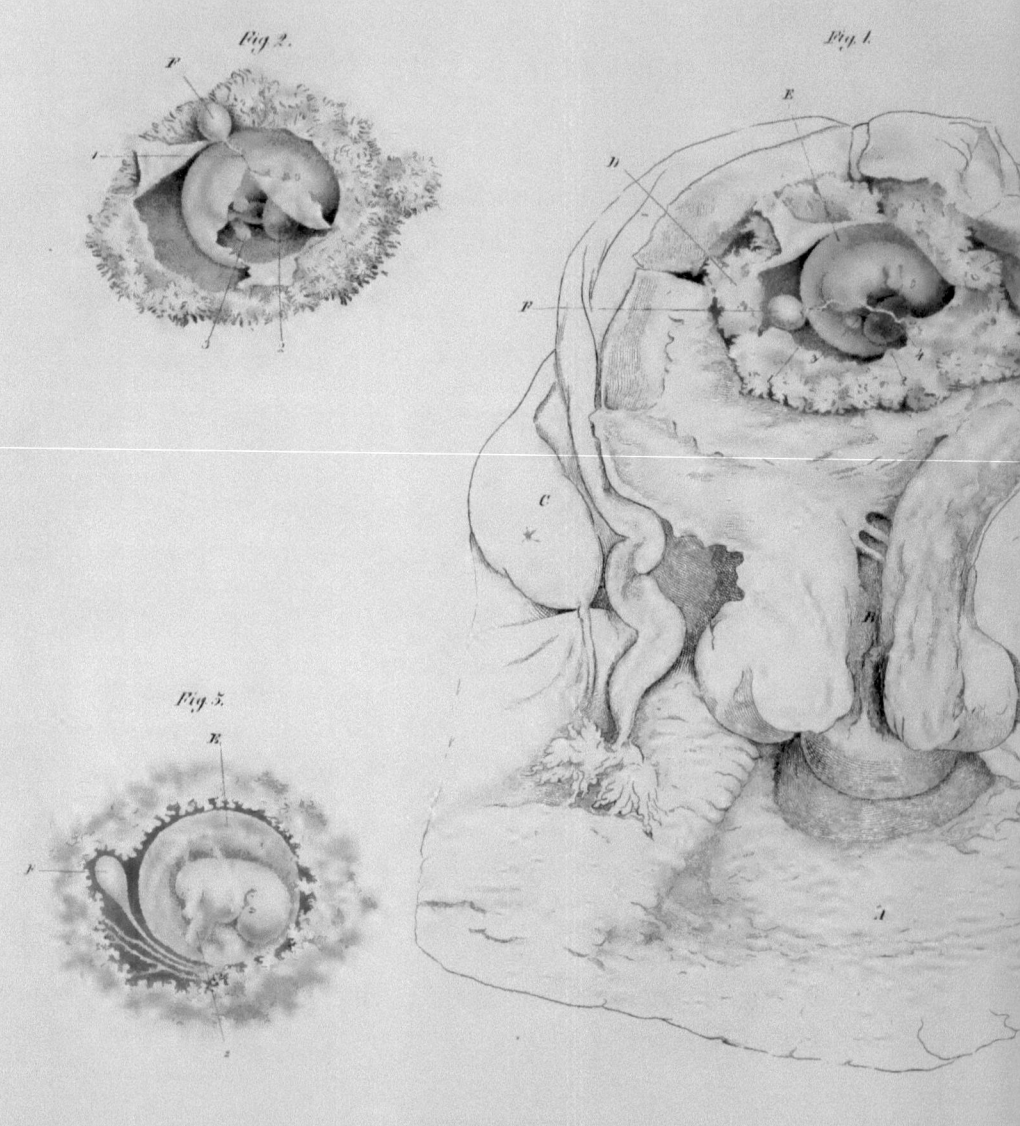

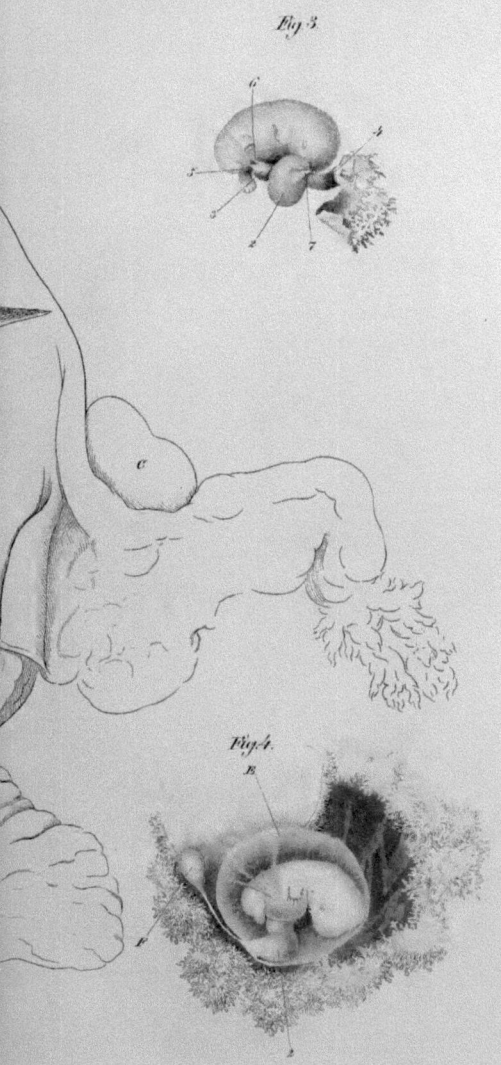

Fig. 3.

Fig. 4.

del y sc Leidel Göttingen

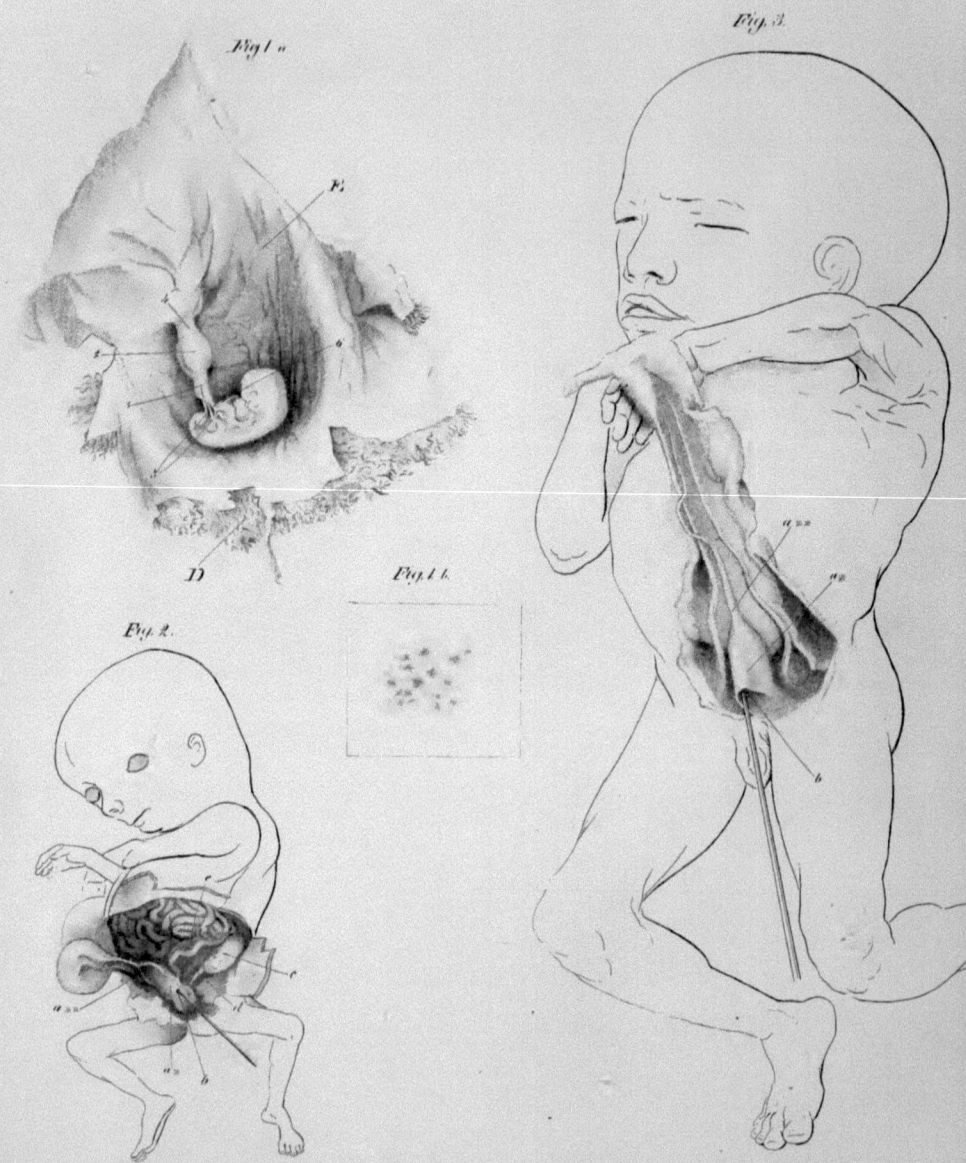

Fig. 1. a

Fig. 3.

F.

D

Fig. 2.

Fig. 1. b.

Fig. 4.

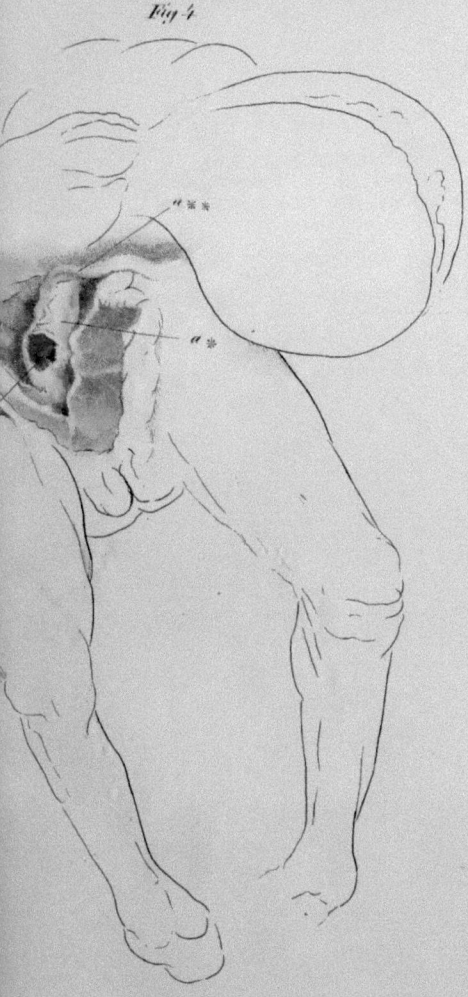

***

a *

del. ad. nat. Loedel. Gottingen.

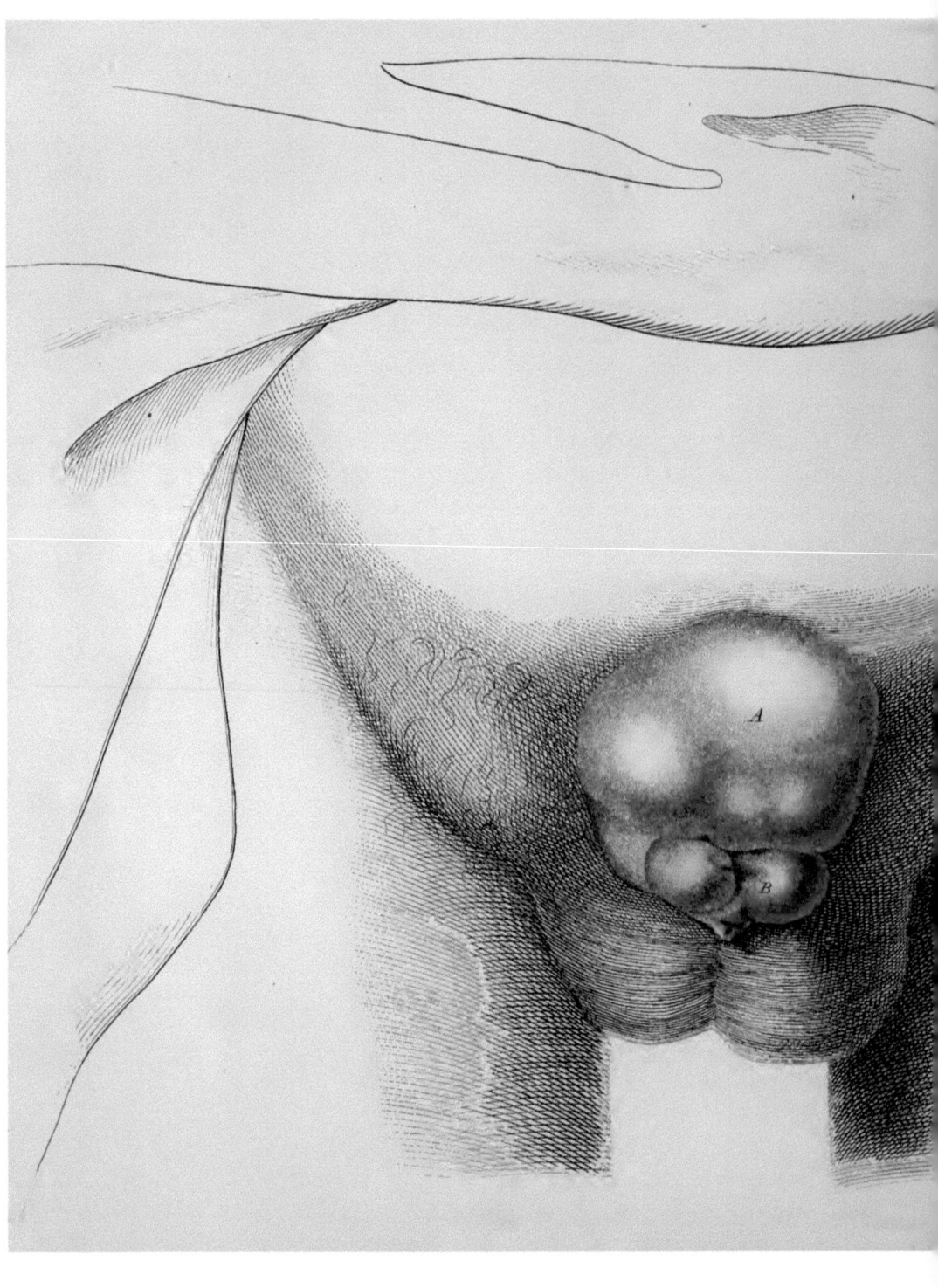

Taf. III.

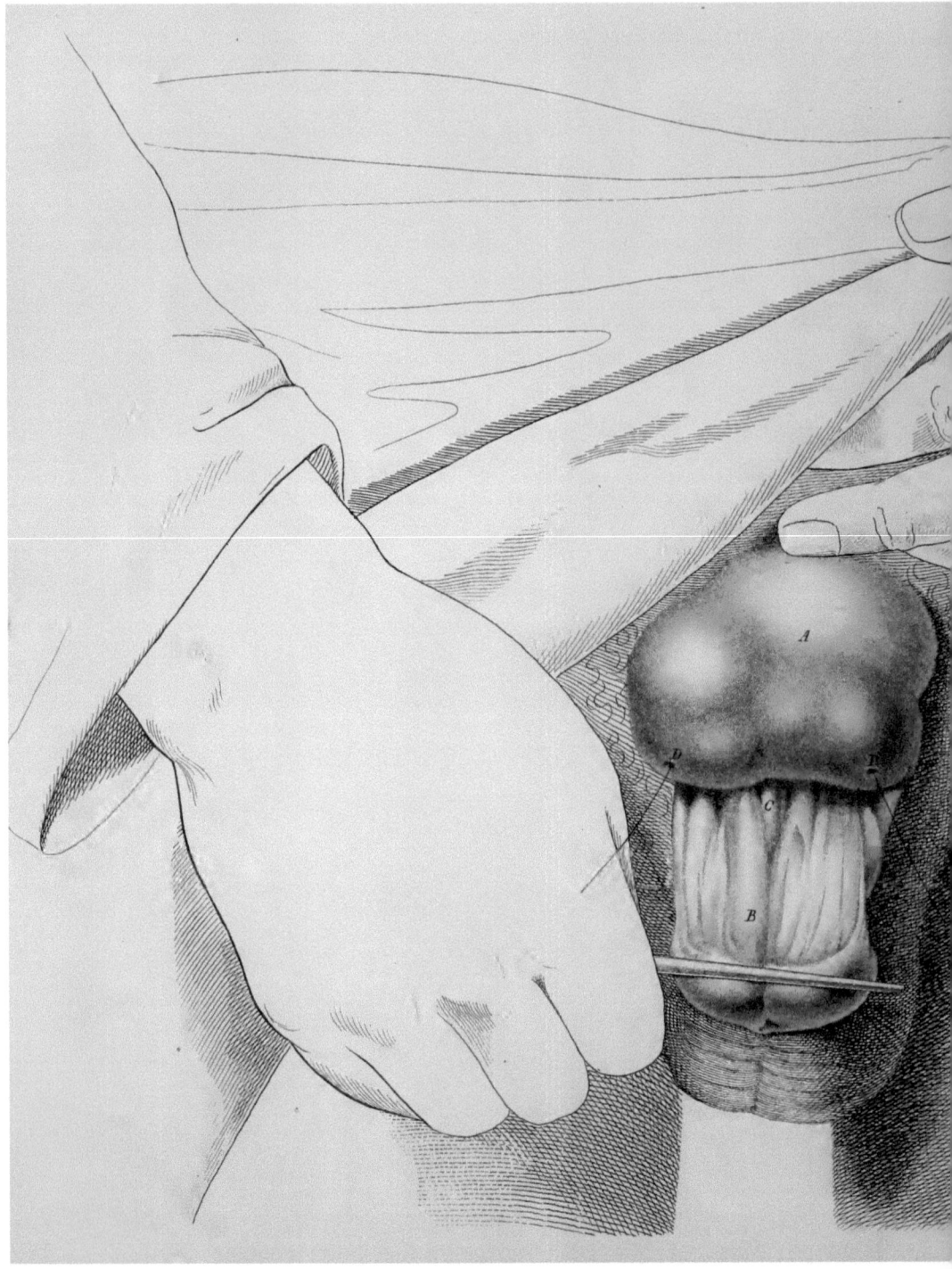